DES

SALONS DE PARIS

IMPRIMERIE GÉNÉRALE DE CH. LAHURE
Rue de Fleurus, 9, à Paris.

DES

SALONS DE PARIS

VERS LA FIN DU RÈGNE DE LOUIS XIV

A L'OCCASION D'UNE LETTRE

DE LA MARQUISE D'USSÉ

A PARIS

POUR LA SOCIÉTÉ DES BIBLIOPHILES

M.DCCC.LXVII

DES SALONS DE PARIS

ET

DE LA SOCIÉTÉ FRANÇOISE

A LA FIN DU XVIIe SIÈCLE

A L'OCCASION D'UNE LETTRE DE MADAME D'USSÉ.

TANT que Louis XIV fut jeune & qu'il conferva un penchant prononcé pour le commerce des femmes & pour tout ce qui tenoit à la galanterie, Verfailles demeura le centre des plaifirs : la tolérance du Roi, fondée fur la facilité de fes mœurs perfonnelles, ne permit pas aux courtifans de fonger à s'éloigner de la Cour, pour vivre avec plus de liberté dans leurs terres. Ce fut la plus belle époque de la fociété françoife. Les intérêts de la galanterie placés, pour ainfi dire, fous les

encourageans aufpices d'un grand Roi, fatis-
faifoient les cœurs le mieux difposés au libertinage de mœurs & d'imagination. Toutes
les femmes remarquables par l'agrément de
leur efprit ou l'éclat de leur beauté briguoient
avant tout l'honneur d'être remarquées à
Verfailles, & c'eft là qu'on trouvoit effectivement la réunion de ce qui pouvoit éblouir
les yeux & charmer la penfée. Les bals, la
comédie, les feux d'artifice, les promenades
animées par le foufle d'une honnête liberté,
tout faifoit alors de la Cour un pays enchanté,
& perfonne ne pouvoit de bonne grâce avouer
qu'il en dédaignât le féjour. D'incurables
mifanthropes, des gens entichés de ridicule
ou frappés d'incapacité, pouvoient feuls penfer
à fuir un endroit où l'on apprenoit à bien vivre, à bien parler, à bien traiter les affaires;
où l'on trouvoit les plus belles & les plus
aimables femmes, les meilleurs efprits, les
plus grands génies & les plus fameux artiftes.

Mais l'âge enfin pefa fur la tête du grand
Roi. Avec l'âge, les dégoûts, les inquiétudes
de confcience. Jeune, il avoit fait fortir de
retraites plus ou moins ignorées un monde
de perfonnages polis, enjoués, ardents & fpirituels : fur le retour, il ne put animer de la
même flamme une feconde génération. « Il y
« a du bon dans tout ce que je vois, » écrivoit
Ninon de Lenclos à Saint-Évremond, vers
1700, « mais, à dire le vrai, nul rapport.

« M. de Clerembaut me demande fouvent s'il
« reffemble par l'efprit à fon père ? — Non,
« lui dis-je. Et quelle comparaifon de ce fiècle
« avec celui que nous avons vu ! »

L'éloignement de Madame de Montefpan fut
comme le fignal de la transformation de Verfailles. Il y eut encore des opéras, des ballets,
des comédies ; mais la galanterie, qui jufques-
là fembloit en avoir été l'âme, dut en être ri-
goureufement bannie. Louis XIV, fatigué,
tourmenté de fcrupules, ne pouvoit guère
refter le témoin bienveillant de ces tendres
intrigues qui font le charme de la jeuneffe & le
profond regret de l'âge avancé. Sans doute on
a beaucoup exagéré le rigorifme de Louis XIV
& de Madame de Maintenon : mais enfin, pour
animer une cour, pour y maintenir l'apparence
du bonheur ou du moins de la gaieté, il ne
fuffit pas de paroître ignorer & laiffer paffer les
plaifirs qu'on ne partage plus : il faut que le
prince lui-même donne un fignal qu'il ne con-
vient plus à la vieilleffe de donner. Ainfi Verfailles fe couvroit chaque jour d'un nuage plus
foncé de trifteffe ; non parce que Louis XIV
avoit accordé fes préférences à Madame de
Maintenon, non parce qu'il étoit devenu
dévot, mais tout fimplement parce qu'il avoit
ceffé d'être jeune ; parce qu'il étoit devenu
vieux. Nos petits moraliftes de Journal lui
font un crime aujourd'hui de fes derniers
fentimens de piété : fongent-t-ils bien à ce qui

feroit arrivé s'il les avoit répudiés? Louis XIV pouvoit-il à foixante-dix ans garder ces habitudes de galanterie dont l'influence fur la fociété avoit été fi longue & fi heureufe? On ne doit pas le fuppofer. Tout vieillard qui ne veut pas ceffer de paroître jeune, eft à plaindre fi même il ne devient ridicule ou vilainement débauché. Sans Madame de Maintenon, fans les grandes qualités que Louis XIV avoit diftinguées dans cette dame illuftre, ce grand prince eût peut-être fini par donner au monde le fcandale devant lequel n'eut pas la force de reculer fon indolent & foible fucceffeur.

Or, quand la galanterie eut, en pleurant, déferté Verfailles & Meudon & Marly, elle dut entraîner avec elle l'effaim de tous les jeunes gens de qualité doués d'une fanté vigoureufe, de grands biens, &, partant, d'une philofophie affez accommodante. Bien des courtifans oublièrent alors le chemin de la Cour; qu'y auroient-ils été faire? Non-feulement le Roi ne s'arrangeoit plus de la vivacité de leur démarche & de l'éclat de leur joie, mais le malheur des guerres le contraignoit à retenir fermée la main qui naguère s'ouvroit avec bonheur pour la diftribution des penfions & la remife des offices. Avant tout, il falloit payer les armées, & quiconque n'avoit pas obtenu de commandement ne devoit plus rien attendre des miniftres. Peu à peu de fort bon-

nes compagnies fe recompofèrent des débris
de Verfailles, non-feulement dans la ville,
mais dans plufieurs terres des environs de
Paris, poffédées par de grands feigneurs, devenus moins foucieux des petits levers de la
Cour. Au Palais-Royal, le jeune duc d'Orléans; à Chantilly, le prince de Conti; à
Anet, le fameux duc de Vendôme; enfin le
Grand-Prieur fon frère, au Temple, formoient
autant de centres autour defquels venoit fe
grouper tout ce qui, dans Paris, avoit de la
naiffance, de l'efprit, des mœurs faciles. Le
duc d'Orléans avoit pourtant fes habitudes
particulières. Quoique doué d'un efprit vif
& brillant, il ne s'amufoit qu'avec une forte
de myftère; il deffinoit, il compofoit des
motets, il éprouvoit la force des combinaifons
chimiques; enfin il pourfuivoit des plaifirs à
l'encan, comme les débauchés du dernier ordre. Quelques jeunes gens de mauvaife réputation étoient les confidents de mille parties
fecrètes, & s'ils étoient devenus l'objet de
fes prédilections, c'eft, difoit-on, parce qu'ils
ne l'obligeoient pas à couvrir de la moindre
apparence de dignité, fes actions ni fes paroles.

Moins abandonné que le duc de Chartres,
le prince de Conti, dont Louis XIV avoit
paru redouter les grandes qualités, avoit
de plus que fon coufin le goût des belles-
lettres & comme lui le fentiment exquis des

A 3

beaux-arts, sans avoir la foibleſſe de les culti-
ver lui-même. Idole de tous les gens bien
élevés dans tous les rangs de la ſociété, il
trouvoit moyen de protéger un aſſez grand
nombre de beaux eſprits & ſa maiſon étoit une
de celles qui pouvoient le mieux rappeler les
diſtractions qu'on n'alloit plus chercher à Ver-
ſailles. Conti, d'ailleurs, viſitoit volontiers
les aſſemblées de la ville : la grandeur de ſa
naiſſance le préoccupoit foiblement ; il ſavoit
en faire oublier l'embarras à ſes hôtes. On ci-
toit ſes bons mots, ſes procédés généreux, la
poſition pleine de dignité qu'il avoit ſu con-
ſerver, même en préſence de Louis XIV, &
chacun lui ſavoit gré d'avoir pu ſe paſſer
d'une faveur qui ne ceſſoit d'être pour tous
ceux qui n'en avoient pas joui, un objet d'am-
bition & d'envie.

A quelque diſtance du duc de Chartres &
du prince de Conti, figuroient les ducs de
Vendôme, arrière-petits-fils, comme on ſait,
de Gabrielle d'Eſtrées. Louis XIV avoit pour
l'aîné une affection naturelle : ſa bravoure
chevalereſque, ſon admirable coup-d'œil au
milieu d'un combat, ſon bonheur, l'agrément
de ſon eſprit, tout en lui, juſqu'à ſa première
éducation négligée, avoit captivé les ſympa-
thies du Roi. Mais Vendôme aimoit avant
tout ſa liberté, ſon indépendance, c'eſt-à-dire
une vie horriblement débauchée : autant de
motifs pour lui de répondre aux avances de

la vieille Cour avec une grande réferve & de
n'y paroître qu'à longs intervalles. Quand il
n'avoit pas de commandement militaire, il fe
renfermoit dans le château d'Anet, avec un
certain nombre d'aimables & fpirituels épicu-
riens auxquels il accordoit pleine liberté
d'action & de paroles. Alors ce n'étoit plus
un prince qu'il falloit entourer d'hommages,
accabler de flatteries : c'étoit un maître de
maifon inquiet de tout ce qui pouvoit con-
tenter ceux qu'il convioit à venir embellir
fa folitude. On s'y enivroit, on y infultoit
fréquemment les chofes faintes, on y alloit
jufqu'à toucher à la gloire des vivants, &
Madame de Maintenon n'ignoroit pas qu'on y
parloit fouvent de la veuve Scarron, & de
fon grifonnant Alcandre. Quand les déplorables infirmités de Vendôme avertifloient les
joyeux hôtes d'Anet du terme des orgies, ils
trouvoient un afile au Temple chez le Grand-
Prieur, moins déréglé peut-être que fon frère
dans le choix de fes amours, mais plus ami
de la bonne chère & de tous les plaifirs de
l'efprit. Tous ces princes du fang firent l'éducation de la génération qui alloit ouvrir le
dix-huitième fiècle. Affurément il y avoit loin
des précédentes fenfualités de Verfailles aux
bacchanales d'Anet, aux paffe-temps du Palais-
Royal & du Temple; combien donc ne fe
trompe-t-on pas, quand on fait commencer le
triomphe des mauvaifes mœurs & de l'ir-

réligion à la mort de Louis XIV(1)! Je ferois tenté de penfer au contraire que les défordres de tout genre furent plus grands, plus nombreux, dans les vingt dernières années du grand règne; & la raifon en feroit facile à donner : les roués de la Régence commençoient à vieillir quand le duc d'Orléans prit en mains les rênes de l'État; mais ils étoient jeunes en 1695, tous impatiens de licence; & dans les princes du fang royal, ils avoient trouvé autant d'illuftres fauve-gardes. A la mort de Louis XIV, le défordre, déjà maître de Paris & des grands châteaux de France, pénétra dans Verfailles, voilà toute la révolution.

Maintenant, pour achever ce propos, le dix-huitième fiècle a-t-il été beaucoup plus déréglé que le dix-feptième? Il eft peut-être feulement permis d'affirmer que Louis XIV eut une vie moins fcandaleufe que fon fucceffeur. La modération dans les plaifirs eft le privilége de certains individus & non de certaines époques. Quand la conduite du prince eft marquée par des habitudes de tempérance & de modération, le libertinage s'éloigne de la Cour & fe contente d'infeéter la ville. Le fcandale alors eft beaucoup moindre, & l'hif-

_____

(1) J'ai repris la fin de cet alinéa & ce qui touchera tout-à-l'heure au marquis de Laffay, dans une étude fur ce dernier, inférée en 1848 dans le *Bulletin du Bibliophile.*

toire fe préoccupe rarement des vices dont les
tribunaux connoiffent & qu'ils ont charge de
retenir dans des entraves toujours fort peu
gênantes. Voilà ce qui fait, à notre avis, la
grande moralité du dix-neuvième fiècle. On
ne fait plus de vaudevilles fur les femmes trop
peu fidèles au nœud conjugal ; certaines gens
en concluent que, depuis notre grande Révolution, les femmes infidèles font une exception
à la règle générale & la confirment. La fatire
n'accufe plus certains grands perfonnages de
paffions honteufes & de goûts abominables, on
en tire volontiers la conféquence que ces
goûts ont ceffé de compter des profélytes. Cependant, à vrai dire, le monde ne change
guère ; la fociété, de nos jours comme celle
de tous les temps, eft compofée d'une majorité
brutale, vicieufe, cupide & jaloufe ; d'une
foible minorité d'efprits vrais, d'âmes grandes
& de cœurs nobles & purs. Heureux les temps
où cette minorité dirige le timon des affaires !
Nous n'en fommes pas là & je reviens à mon
fujet.

Tout le monde, vers la fin du dix-feptième
fiècle, connoiffoit les habitudes déplorables de
Monfieur, frère de Louis XIV, auteur de la
branche cadette de la maison de Bourbon.
Il falloit que les deux Vendôme, imitateurs
de leur grand-père Céfar, ne regardaffent
pas cela comme un fujet de honte, puifque
Voltaire, à peine âgé de vingt ans, difoit

cavalièrement au Grand-Prieur, dans une
épître rendue prefque auffitôt publique :

> Nous vous euffions avec adreffe
> Fait la peinture des amours,
> Et des amours de toute efpéce.
> Vous en euffiez vu de Paphos,
> Vous en euffiez vu de Florence :
> Mais avec tant de bienféance,
> Que le plus âpre des dévots
> N'en eût pas fait la différence.

Étoit-ce affez clair ? Voici pourtant qui l'eft
encore plus. En 1703, dans un feftin dont le
Grand-Prieur, le duc de Foix, le marquis de
La Fare & quelques autres faifoient l'orne-
ment, l'abbé de Chaulieu compofa la chanfon
dont voici les derniers couplets :

> Amis ! buvons à la nature,
> Dont nous fuivons les douces lois !
> Difciple aimable d'Épicure,
>   Duc de Foix,
> Bois, Anacréon de nos jours,
>   A tes amours !

> Je voudrois voir à cette table
> Ton Bathylle & ton Agathon,
> Et joindre à ce couple adorable
>   Mon Giton,
> Qui verfât l'amour & le vin
>   Dans notre fein !

> Avec femblable compagnie
> Le divin Platon raffembloit

Les Grecs, dont la philofophie
      Ne donnoit
Jamais de regle à leurs défirs
      Que leurs plaifirs.

La maifon du duc de Vendôme étoit alors
gouvernée par l'abbé de Chaulieu, libertin
aimable & courtifan délié. Le Prince s'en rap-
portoit à lui de toutes fes dépenfes ; il avoit
mandat de fuppléer à l'argent qu'on ne trouvoit plus par des emprunts & des engagements
toujours nouveaux. L'Abbé s'acquittoit de
tout à merveille. Dévoué particulièrement
à M. le Grand-Prieur, il favoit faire, entre les
deux frères, deux parts à peu près égales de
la fortune de l'aîné. Jamais il n'arrivoit au
duc de Vendôme d'accepter le moindre
compte, & c'eft ainfi que la maifon du
Grand-Prieur, c'eft-à-dire l'hôtel du Temple
étoit devenue fuccurfale ou plutôt une digne
rivale du château d'Anet. Il eft à peine nécef-
faire d'ajouter que l'abbé de Chaulieu fe
trouvoit ainfi l'objet des careffes de tous les
beaux efprits de la génération nouvelle. C'é-
toit lui qui ouvroit ou fermoit les portes du
paradis des frères Vendôme; naturellement,
il étoit rempli de bienveillance & d'une ama-
bilité prévenante pour ceux qui n'affectoient
pas de févérité dans leurs mœurs, & qui
n'héfitoient pas à rendre hommage à fon im-
portance. D'ailleurs, gourmand délicat, grand
buveur, inépuifable conteur de fleurettes,

cette dernière foibleffe, car nos défauts &
nos vices font autant de foibleffes, atteignoit
prefque chez lui le ridicule. Il avoit befoin
de croire à l'amour de toutes les femmes qu'il
jugeoit dignes de fon attention, & quelque légèreté qu'il mît dans ces chofes-là, il ne pardon-
noit point qu'on les reçût de l'air qu'elles
méritoient. J'ai diftingué trois de fes maîtreffes.
La première & la plus férieufe avoit été
Mlle Le Rochois, belle & fameufe cantatrice
du théâtre de Lully ; Chaulieu l'a vantée dans
plufieurs petits poëmes fous le nom de
Théone, & l'époque de fes relations avec elle
remontoit pour le moins à 1687. En ce
temps-là, le Roi étant tombé dangereufement
malade, tous les yeux de la Cour fe portèrent
fur Monfeigneur le Dauphin. Chaulieu & La
Fare qui gouvernoient les Vendôme ne furent
pas des derniers à prévoir & préparer pour
leurs patrons une faveur prochaine : en attendant les événements, des fêtes magnifiques
durent être données à Anet pour y recevoir
l'héritier préfomptif. Il faut en lire le récit
dans les *Mémoires de La Fare*, ce pamphlet
foufflé par les Vendôme contre Louis XIV.
« Quoique le Roi fût effectivement en dan-
« ger, il ne voulut pas qu'on le crût. Ainfi
« cette maladie n'empêcha pas que, pour di-
« vertir à Anet Monfeigneur, M. de Ven-
« dôme, l'abbé de Chaulieu & moi, nous
« n'imaginaffions de lui donner une fête avec

« un opéra dont Campiſtron, poëte touloufain
« aux gages de M. de Vendôme, fit les paroles,
« & Lully, notre ami à tous, fit la muſique....
« Et comme le Grand-Prieur (1), l'abbé de
« Chaulieu & moi avions chacun notre maî-
« treſſe à l'Opéra, le public malin dit que nous
« avions fait dépenſer 100 000 francs à M. de
« Vendôme pour divertir nos demoiſelles.
« Mais, certainement, nous avions de plus
« grandes vues que cela. Elles ſe ſont éva-
« nouies...; rien n'étant arrivé de ce que
« nous imaginions alors avec quelque appa-
« rence.... »

La deuxième maîtreſſe de l'abbé de Chaulieu fut la troifième femme du marquis de
Laffay, qui n'étoit rien moins qu'une fille lé-
gitimée de Monfieur le Duc. Ses relations avec
Julie de Bourbon remontoient à 1695, l'Abbé
ayant déjà plus de cinquante-cinq ans. Pour
Mademoiſelle Julie, elle n'étoit pas encore marquife & portoit le nom de Mlle de Château-
briant. Mais cette *naturelle* princeſſe avoit lié
depuis longtemps un commerce de tendreſſe
avec le marquis de Laffay, âgé de quelque
quarante-cinq ans, & recommandable alors à ſes
yeux par une éclatante réputation d'homme à
bonnes fortunes. Monfieur le Duc s'oppoſa

_____

(1) La maîtreſſe du Grand-Prieur étoit Fanchon Mo-
reau, qu'il entretint juſqu'au moment où elle ſe maria.
Voyez les *Lettres de Mme Dunoyer*, tome III, page 165.

longtemps au mariage, on ne fait trop pourquoi; & quand enfin il eut cédé aux prières
de Laffay & de la ducheffe du Maine, la jeune
perfonne, en prononçant les paroles facramen-
telles, éprouva dans fes fentiments une révolution complète; elle fentit une averfion fubite
pour le mari qu'elle avoit choifi par amour,
& fe paffionna pour qui? pour l'abbé de
Chaulieu dont jufqu'alors les déclarations
l'avoient fait mourir de rire. Bientôt, au
grand dépit de M. de Laffay, elle fit avec
l'Abbé de longs, d'agréables voyages. Nous
trouvons la révélation de ce petit fait dans
les lettres imprimées de l'aimable Anacréon
du Temple, comme on appeloit l'abbé de
Chaulieu. Et pour les traverfes amoureufes du
marquis de Laffay, on peut en fuivre les inci-
dents dans le fingulier *Recueil de diverfes
chofes* que nous devons aux loifirs ennuyés de
fa vieilleffe. Mais un homme qui, dans l'âge le
plus avancé, s'avife d'ouvrir le portefeuille
qui contient tous les fouvenirs écrits de
fa vie; qui les envoie à l'imprimeur fans trop
les coordonner & fans les corriger le moins
du monde; cet homme, s'il n'a pas manqué
d'efprit & fi fa vie a été remplie de circon-
ftances romanefques (quelle vie n'a pas été
romanefque?) devra nous donner de cette
façon un livre des plus inftructifs. Combien
de traverfes, de fauffes démarches, de fentiments tendres, de vanités, de déceptions, de

chances heureufes, de retours inefpérés! Laffay s'étoit marié trois fois; il avoit aimé toute
fa vie; il avoit eu beaucoup à fe plaindre de
fon père, d'une de fes femmes, de tous fes
enfants : il avoit vécu à la Cour, à l'armée,
à la campagne, & jamais, quoi qu'en ait dit
Saint-Simon, il n'avoit montré d'ambitions & de
prétentions fupérieures à fon mérite, à fa naiffance. Son nom fe trouve mêlé à l'hiftoire
anecdoctique de tout un demi-fiècle ; il croife
le chemin de Mesdames de Sévigné, de La
Fayette, de Maintenon, celui de Marianne
Pajot, de la duchefle de Bourbon & de la
comtefle de Verrue. En revanche, il a peu de
relations fuivies avec les hommes : on voit
qu'il ne les aimoit pas, & qu'il goûtoit peu les
charmes de leur commerce particulier. Il n'en
eft aucun dont nous le voyions l'ami; c'eft là
fans doute ce qui l'empêcha de parvenir à quelque chofe. Brave, entreprenant, fécond en
reffources, il ne s'eft pas embarraffé dans la
trame des événements politiques, & partout
on le voit dans les *faubourgs*, comme le dit
malignement Saint-Simon qui, lui, ne fe fou-
cioit que des hommes qui pouvoient fervir à
l'avancement de fes nombreufes efpérances.

Pauvre ou du moins gêné dans la première
partie de fa vie, Laffay finit par réunir une
fortune confidérable. La duchefle de Bourbon, mère du premier miniftre, avoit apprécié
le mérite d'ailleurs affez différent du marquis

& de fon fils. Entre elle & ce dernier, la ma-
lignité publique fe plaifoit à fuppofer une
intimité des plus tendres. Cette princeffe fit
bâtir, comme on fait, le Palais aujourd'hui
confacré aux repréfentations de ce qu'on veut
bien appeler le *Corps légiflatif*. Ce fut le jeune
marquis de Laffay qui dirigea les conftruc-
tions. Voici ce que je trouve fur ce fujet dans
un roman fatirique du temps, qu'on ne lit plus
parce qu'il faudroit, pour comprendre les allufions, recourir aux clefs qui donnent le nom
des perfonnages qu'on y fait figurer.

« La princeffe Roxane avoit été gouvernée
jufqu'à fa mort par Kodabendé, feigneur per-
fan de beaucoup d'efprit, fin courtifan, intri-
gant, fachant profiter de fa faveur & qui, fous
Aly-Homayou, en avoit habilement tiré parti
pour fe faire une fortune confidérable. Roxane
ne décidoit rien que par fes avis. Elle avoit
tant de confiance en lui qu'elle lui abandonna
la direction d'un magnifique palais qu'elle faifoit bâtir. Tout joignant, Kodabendé en fit
élever un petit, moins fuperbe à la vérité,
mais mieux entendu, mieux ordonné, plus
commode, plus recherché, préférable en un
mot, au jugement des connoiffeurs, par le
goût & les vraies beautés qui y régnoient.
On affure qu'on voyoit dans ce palais des tableaux originaux d'un très-grand prix dont il
n'y avoit que des copies dans celui de Roxane,
à qui, cependant, dit-on, les originaux appar-

tenoient. Les deux palais fe communiquoient var une porte fecrète & une galerie fouter-raine qui déroboit Kodabendé aux regards curieux. »

Il y a ici beaucoup de médifance & même de calomnie. Quant aux tableaux qui décoroient l'hôtel Laffay, aujourd'hui la demeure du préfident de la Chambre des députés, ils provenoient fans doute du legs que lui avoit fait quelques années auparavant la comteffe de Verrue, cette dame célèbre dont la jeuneffe avoit éprouvé tous les genres d'orage, & qui, fille du duc de Luynes, mariée à quatorze ans à un grand feigneur piémontais, perfécutée par un beau-frère devenu éperdument amoureux d'elle, maîtreffe malgré elle du duc de Savoie, avoit fini par donner au diable parents, époux & amants, pour fe réfugier à Paris, au couvent des Bénédictines du *Chaffe* ou *Cherche-Midy*, où elle avoit attendu patiemment la mort du comte de Verrue. Il eut la bonté de fe faire tuer à la funefte bataille d'Hochftet, en 1704. Dès qu'elle eut donné le temps convenable au deuil, elle fortit de fon abbaye, qu'elle n'avoit pas fcandalifée, & acheta dans la rue du Regard, à l'extrémité de celle du Cherche-Midi (1), une retraite

(1) M. le comte Clément de Ris, notre confrère, dans une excellente étude fur Mme de Verrue, a parfaitement reconnu l'hôtel que cette dame avoit habité. C'eft celui

embellie par le charme bien fenti des beaux-
arts, des belles-lettres & de l'opulence. Ses
nombreux adorateurs la furnommèrent *la dame
de volupté*, mais de cette volupté délicate qui
n'exclut la vivacité d'aucun plaifir permis.
Ajoutons que Saint-Simon, ce juge févère
des travers de la mode & de toutes les incon-
féquences de fon temps, fait un charmant
portrait de la comteffe de Verrue chez laquelle n'héfitoient pas à fe rendre les gens
de la plus haute naiffance, &, ce qui vaut
mieux encore, de la meilleure fociété. Mais
les cercles pieux, en entendant parler de
l'éclat de ces fêtes & du nombre des foupi-
rants de cette raviffante perfonne, rappeloient
avec douleur que dans leur jeuneffe, en fortant
de Port-Royal, les trois fœurs, Mefdames de
Verrue, de Bournonville & de Ceffac, s'étant
laiffé conduire à l'Opéra, n'avoient pu fe déci-
der à tourner les yeux une feule fois vers la
fcène occupée par les danfeurs le plus à la
mode. Combien elles avoient changé avec le
temps! s'écrioit Madame de Simiane. Quoi
qu'il en foit, les étrangers venoient admirer
dans l'hôtel du Regard, un excellent choix de
livres que les amateurs reconnoiffent encore
à l'empreinte des armes écartelées de Luynes

qu'occupe aujourd'hui « le Confeil de Guerre. Il eft au
« coin de la rue du Cherche-Midi. » (*Bulletin du Bibliophile*. 1863, page 598.)

& Verrue. C'eft chez Madame de Verrue
qu'on aimoit à venir, plus d'une fois chaque
femaine, fouper, jouer la comédie, ou tout
fimplement caufer, comme on favoit alors
le faire. Le marquis de Laffay, fi fin con-
noiffeur du mérite des femmes, ne tarda guère
à s'y faire bien venir, & telle étoit l'amitié
qui régna bientôt entre lui & la Comteffe,
que celle-ci morte vers 1736, à peine âgée de
47 ans, lui avoit légué ces tableaux de prix,
bientôt placés dans le petit hôtel Bourbon,
dont les fots ne manquèrent pas de faire
l'objet de conjectures fatiriques.

Le nom de Madame de Verrue n'eft pas
étranger à l'hiftoire des mœurs & de la
fociété françoife. Mais il nous faut retourner
à l'abbé de Chaulieu dont la dernière paffion fut Mademoifelle de Launay, cette femme
de chambre de la ducheffe du Maine, digne
de fervir une maîtreffe plus aimable & plus
fenfée. La ducheffe du Maine, fille du grand
Condé, étoit un étrange compofé d'agréments
& d'extravagances. Comme plufieurs femmes
de notre temps, dont on veut bien s'occuper, elle avoit la tête ardente & le cœur
glacé. Sans ceffe à la recherche de diftrac-
tions, elle ne rencontroit partout que l'ennui.
On lui avoit fait un portrait enchanteur de
Mademoifelle de Launay, elle voulut la voir,
l'attacher à fa perfonne, & quand elle l'eut
bien regardée, écoutée, embraffée : *Ce n'eft*

que cela! penfa-t-elle, & dès lors, le meilleur
moyen de lui déplaire fut de lui vanter la petite perfonne. Cependant les gens de lettres
admis aux fêtes de Sceaux préféroient fouvent
à l'entretien inquiet de la Princeffe, les obferva-
tions fines & judicieufes de Mademoifelle de
Launay, fi bien que peu à peu le petit réduit de
la femme de chambre devint auffi recherché que
le falon de la Ducheffe. Fontenelle, Malezieux,
Sainte-Aulaire, mais avant tous les autres l'abbé
de Chaulieu s'étoient pris d'affection pour Mademoifelle de Launay, & l'Abbé, dont l'habitude étoit de parler d'amour à défaut de mieux,
n'avoit pas tardé longtemps à lui adreffer
des hommages qui la flattèrent fans lui donner
un fujet férieux de craindre. Elle tendit la
main au vieillard, le remercia, lui promit
de l'aimer, l'affura même de la parfaite liberté
de fes fentiments, & c'eft ainfi qu'on vit un
octogénaire aux genoux d'une fille encore
jeune qui, fans fe compromettre le moins du
monde, avoit l'air de partager les émotions
qu'elle infpiroit. De notre temps nous avons
vu la fage, aimable & brillante comteffe du
Cayla, infpirer une paffion non moins extraordinaire, dont n'eut pourtant jamais à s'in-
quiéter, en dépit des bruits de l'antichambre,
la délicateffe de celle qui en étoit l'objet. Ne
pouvoit-elle pas dire, en effet, comme Mademoifelle de Launay : « N'ayant d'autres ref-
« fources que fes foins, mon vieil amant les

« redoubloit fans ceffe. Il m'écrivoit tous les
« matins.... La lettre étoit pour favoir mes
« volontés, & quand je préférois fon carroffe
« à fa perfonne, il me l'envoyoit fans mur-
« mure.... J'avois la puiffance defpotique fur
« toute fa maifon. On a rarement l'autorité en
« main fans en abufer.... Enfin, il me fit con-
« noître qu'il n'y a rien de plus heureux que
« d'être aimée de quelqu'un qui ne compte
« plus fur foi & ne prétend rien de vous. »

Maintenant, à toutes ces grandes maifons
qui, dans Paris, s'ouvroient aux écrivains
célèbres & à tout ce qu'il y avoit de plus
diftingué dans la fociété françoife, il faut
ajouter le falon de la marquife d'Uffé.

Dans la rue Saint-Honoré, un peu au delà
de Saint-Roch, on remarquoit un grand & bel
hôtel dont les jardins fe prolongeoient jufqu'au fameux manége & donnoient la plus belle
vue imaginable fur la Seine & le faubourg
Saint-Germain (1). C'eft là qu'habitoit, en
1692, le fils d'un financier, ancien contrôleur
de la maifon du Roi, qui, fans trop de contra-
diction, mais pourtant de fa propre autorité,

---

(1) Voyez Germain Brice, *Defcription de Paris*, édition
de 1706, tome I, page 157. On y fait la defcription de
deux cercueils en marbre, rapportés d'Égypte par le Père
Kircher & que M. d'Uffé avoit enfuite fait tranfporter à
Uffé.

avoit fait de la terre d'Uffé, en Touraine, aujourd'hui la propriété du troifième des héros du nom de La Rochejacquelein, un petit marquifat. Le jeune Louis Bernin de Valentiné étoit donc marquis d'Uffé : inépuifable faifeur de petits vers, amateur de tous les beaux-arts & plus tard grand partifan de l'alchimie, quand le duc d'Orléans, neveu du Roi, eut mis à la mode les recherches de cette efpèce. M. d'Uffé, d'ailleurs, étoit un homme aimable, opulent, généreux.

Il avoit, au commencement de cette année 1692, époufé la fille aînée de l'illuftre Vauban ; Jeanne-Françoife Le Preftre n'avoit pas alors atteint fa quinzième année. C'étoit une enfant remarquable par fa vivacité, fes grâces & fon étourderie : nous pouvons déjà reconnoître une efquiffe de ce caractère dans les vers que Madame des Houlieres lui adreffa quelques jours avant la conclufion du mariage.

Quelqu'un qui n'eft pas votre époux,
Et pour qui cependant, foit dit fans vous déplaire,
Vous fentez quelque chofe & de vif & de doux,
Me difoit l'autre jour de prendre un ton févère
Pour... mais dans vos beaux yeux je vois de la colère ;
Loin de gronder, apaifez-vous,
Ce quelqu'un n'eft, Iris, que voftre illuftre père.

« Elle papillonne toujours, »
Me difoit ce grand homme, « & rien ne la corrige :
« En attendant qu'un jour la raifon la dirige,

« Elle auroit grand befoin de quelqu'autre fecours.
« Employez tous les traits que fournit la fatire
« Contre une activité qui, du matin au foir,
    « La fait courir, fauter & rire. »
Affez imprudemment je lui promis d'écrire;
    Car quelle raifon peut valoir
Contre un léger défaut que la jeuneffe donne,
    Et que je ne connois perfonne
    Qui ne vouluft encore avoir !

Avecques quatorze ans écrits fur le vifage,
Il vous feroit beau voir prendre un air férieux!
Ne renverfez point l'ordre établi par l'ufage,
    Eh ! que peut-on faire de mieux
    Que de folaftrer à voftre âge?

    Par exemple, voici des faits
    Affez connus pour qu'on s'y fonde.
Les zéphirs, les ruiffeaux ne s'arrêtent jamais,
Par leur activité perdent-ils leurs attraits?
    Contre elle eft-il quelqu'un qui gronde?
    Et voit-on qu'on trouve mauvais
Que ce Dieu que déjà vous fourniffez de traits,
    Aille fans ceffe par le monde
    Troubler des cœurs l'heureufe paix?...

Comme la bonne foi dans mes difcours éclate,
    Je ne vous diffimule pas
Qu'en fuivant mes confeils on peut faire un faux pas,
    Et que l'affaire eft délicate.
Ils font bons cependant; mais, jeune & belle Iris,
    Il ne faut point que je me flatte,
    Le temps diminuera leur prix.
Ainfi quand vous voudrez favoir ce que j'écris,
    Regardez-en toujours la date.

    De Paris, la veille des Rois,

        B 4

L'an mil fix cent quatre-vingt-douze,
Temps où par de févères lois
L'Églife deffend qu'on époufe.

Ces vers d'une facture profaïque font pourtant
infpirés par une penfée très-fine & très-ingé-
nieufe ; le reproche eft tranfparent fous la
flatterie qui le couvre. C'eft le privilége des
efprits délicats & fincères de favoir à propos
diftribuer quelques grains de louange pour
faire paffer les avis les plus fages, & les véri-
tés les moins agréables. Ainfi la marquife d'Uffé,
d'ailleurs heureufement douée, pouvoit être
taxée de ce que nous appellerions *inconfé-
quence*. Cela ne l'empêcha pas d'être bientôt
une des femmes les plus recherchées. Sa maifon devint le rendez-vous de la Cour & de la
Ville : on y trouvoit ce qui toujours aura le
privilége d'attirer, j'entends la converfation,
les bals & les concerts. Madame de Simiane,
cette aimable Pauline de Grignan que nous
autres, adorateurs de Madame de Sévigné,
portons dans notre cœur à caufe de fa grand'-
mère, étoit liée d'amitié avec Madame d'Uffé.
Il refte un fouvenir de cette intimité dans
quelques verficulets affez jolis, adreffés à
Madame de Simiane, dans le temps où les femmes *comme il faut* avoient choifi pour mot de
paffe, le goût, la paffion — de l'eau-de-vie, pen-
ferez-vous? non ; les petits barillets pendus à
la ceinture étoient déjà furannés : mais des
carottes de abac, que tous les jolis nez pri-

foient avec d'autant plus d'intrépidité qu'ils
fe croyoient mieux en vue. La marquife de
Simiane, en quittant Paris, chargea fon amie
de lui faire fa provifion de tabac, & voici
comme Madame d'Uffé s'étoit acquittée d'une
commiffion auffi importante :

Je n'ai point oublié que vous m'avez choifie
  Pour fatisfaire un de vos fens.
  C'eft un des plus indifférens
  Pour les plaifirs de cette vie.
Auffi, malgré les bruits que de vous on publie,
  Si vous eufliez formé l'envie
  De les rendre tous bien conftans,
Je crois que votre cœur, dans cette fantaifie,
  Eût, fans balancer plus longtems,
  Envifagé d'autres talens
  Que ceux d'une chétive amie.
 Mais vous n'avez que de petits befoins,
Et le feul odorat eft chez vous en fouffrance.
Vous imaginez-vous que mes yeux fouffrent moins,
  Éloignés de votre préfence?
Je ne puis cependant vous voir en pénitence;
Je vais vous foulager : pour toute récompenfe
  De mon tabac & de mes foins,
J'exigerai de vous, trop aimable Corinne,
Que votre belle main quelquefois fe deftine
  A me marquer de tendres fentiments,
  Tous vos plaifirs, tous vos amufements,
Duffé-je y voir dépeints Satan & fa malice;
  Car dans l'oifiveté des champs,
  Il faut permettre un peu de vice.

Les dernières éditions des Lettres de Madame
de Sévigné nous ont confervé la réponfe de
Madame de Simiane, malheureufement fans

nous indiquer à quelle date les deux lettres se
rapportent :

> Donner de bon tabac, & faire encore entendre
>   Les doux accens de votre voix,
>   N'eft-ce pas là vouloir furprendre
>   Deux de mes fens tout à la fois ?
> Et quand je me fouviens combien votre préfence
>   A fouvent enchanté mes yeux,
> Je vois que de cinq fens je n'en ai plus que deux
>   Qui foient hors de votre puiffance.
>   Je les emporte donc aux champs,
>   Sans en vouloir fairé d'ufage ;
>   Car j'ai réfolu d'être fage :
>   Ne fuis-je pas bientôt en âge
>   De faire de pareils ferments ?
>   Mais de tous ceux que je puis faire,
>   J'en attefte aujourd'hui les dieux,
> Celui de vous aimer & celui de vous plaire
> Seront ceux, belle Iris, que je tiendrai le mieux.

Peut-être trouverons-nous plus d'intérêt
dans le mince volume où les deux épîtres ont
pour la première fois été inférées.

Ce recueil parut en 1715, moins de deux ans
après la mort prématurée de la marquife d'Uffé,
fous le titre de : *Portefeuille de Madame ****,
contenant divers opufcules tant en profe qu'en vers.
Ballard, in-12°. C'eft un mélange de vers de fociété dont M. d'Uffé pourroit bien avoir été
l'éditeur. On y remarque plufieurs morceaux
de Madame de Simiane ; une foule de billets &
de vers galants qui lui font adreffés fous le nom
de *Corinne*, enfin d'autres vers faits ou infpirés

par la jeune marquiſe d'Uſſé, ſous les noms de *Climène*, *Célimène*, *Annette* & *Iris*. Une certaine *Olympe* y vient auſſi débiter & recevoir des compliments, & je la ſoupçonne de ne pas être différente de la fameuſe Olympe ou *Pimpette* Dunoyer, immortaliſée par la paſſion paſſagère & tranſie du jeune Arouet. Le *Portefeuille de Madame* *** contiendroit donc beaucoup de vers de Voltaire non encore reconnus. On ſe ſouvient de ceux qu'il écrivoit au commencement d'une lettre à Pimpette, le lendemain d'une viſite qu'elle lui avoit faite déguiſée en cavalier; on peut les revoir au début des éditions de la Correſpondance. Nous trouvons dans le *Portefeuille* un autre madrigal ſur *Olympe en garçon* :

> Un ſoir la reine de Cythère
> Voyant la jeune Olympe habillée en garçon,
> Avec rapidité deſcendit de ſa ſphère
> Croyant ſurprendre Cupidon.
> Olympe ôta ſon maſque. Oui, c'eſt l'amour lui-même
> Qui vient de lever ſon bandeau ;
> Mais y regardant mieux : Mon erreur eſt extrême,
> Dit-elle en ſoupirant, mon fils n'eſt pas ſi beau.

Ce madrigal n'eſt pas fort bon non plus que ſept à huit autres pièces adreſſées à la même divinité; mais Voltaire n'avoit alors que dix-ſept ans, & les quatorze lettres à Olympe Dunoyer valent moins encore. Ajoutons qu'à cet âge il dut faire beaucoup de vers & qu'on

en a reconnu un fort petit nombre. Ajoutons
auffi que la maifon de Madame d'Uffé fut une
des premières dans lefquelles fe montra le
grand écrivain prédeftiné.

Longtemps avant qu'on ne parlât de Voltaire, Jean-Baptifte Rouffeau avoit été préfenté
à Madame d'Uffé, & n'avoit pas tardé à con-
tribuer à l'agrément de la plupart des fêtes dont
cette maifon étoit devenue le centre. Il s'y rendit bientôt indifpenfable. Tandis que l'époux
faifoit des vers que le véritable poëte vou-
loit bien trouver agréables, la Marquife
exécutoit de la bonne mufique avec Defma-
rets & Regnier, elle difpofoit un théâtre,
diftribuoit les rôles & chargeoit Rouffeau de
s'entendre avec M. de Saint-Gilles, le moufquetaire, pour les Prologues de circonftance.
On parla longtemps d'une repréfentation de
l'*École des maris*, jouée vers 1695, en préfence
de M. le duc de Chartres. La pièce de Mo-
lière fut précédée d'un prologue ; Apollon y
paroiffoit au milieu de fa cour, Rouffeau en
rempliffoit le rôle. Madame d'Uffé avoit choifi
celui de Thalie & l'auteur (fans doute Saint-
Gilles) avoit doué la Mufe des petits travers
de celle qui la repréfentoit. Melpomène &
Thalie s'y prenoient ainfi de querelle :

MELPOMÈNE.

Croyez-vous que ce foit un talent fort utile
De badiner à tout propos ?

THALIE.

Vous imaginez-vous qu'il foit bien difficile
De faire bâiller des héros ?...

MELPOMÈNE.

Vous êtes ma cadette au jugement de tous,
Et l'on eft modefte à votre âge.

THALIE.

Si je fuis plus jeune que vous,
Ne vous étonnez pas fi je plais davantage.

Dans une autre fcène, Gilotin, souffleté par
Thalie, faifoit ainfi le portrait de la dame char-
gée du rôle :

C'eft un papillon en furie,
Un tourbillon qui fe fait admirer,
Un folide léger, un feu, des étincelles,
Des rofes & des lis garnis de deux prunelles.
La douceur de Vénus, la fierté de Tarquin,
Le chant féducteur des Sirènes,
L'éloquence de Démofthènes,
La gentilleffe d'Arlequin.

Ces vers affez médiocres appartiennent au
Moufquetaire, & nous ne les rapporterions pas
s'ils ne retraçoient le portrait de Madame d'Uffé
tel que déjà nous le faifoit foupçonner Madame
Des Houlières. Dans toutes ces galanteries,
nous ne voyons pas que la Marquife ait
été douée d'une véritable beauté : toutefois
Rouffeau ne la vit pas fans émotion ; &
comme le moindre défaut des poëtes eft une
difcrétion exceffive, il nous a laiffé de fa paffion des témoignages nombreux & irrécufa-

bles. Sous les noms de Califte, de Themire
& d'Iris, Madame d'Uffé conduifit pendant
plufieurs années fa plume & colora fes tableaux.
Et quand on le voit adreffer en ce temps-là
d'ingénieux compliments à l'époux, il eft permis de penfer qu'il cède encore au défir de
plaire à la Marquife. Dans les cas ordinaires, il n'eft pas auffi indulgent. Il y avoit,
au refte, entre les deux amis, réciprocité de rimes courtoifes. Par exemple, un jour que
Rouffeau jouiffoit dans la terre d'Uffé de
tous les plaifirs de la belle faifon, le Marquis
lui envoya de Paris une lettre mêlée de vers &
de profe, & Rouffeau mit en tête de fa réponfe
le huitain que tout le monde a retenu :

> Maître Vincent le grand faifeur de lettres
> Si bien que vous n'eût fu profaïfer ;
> Maître Clément, le grand faifeur de mètres,
> Si doucement n'eût fu poétifer.
> Phébus adonc va fe défabufer
> De fon amour pour la docte fontaine,
> Et connoîtra que pour bon vers puifer,
> Vin champenois vaut mieux qu'eau d'Hippocrène.

Ce huitain a été l'occafion de bien des mé-
prifes ; dans les éditions défavouées par Rouffeau, on le fait adreffer à l'abbé de Chaulieu,
& tous les éditeurs de Chaulieu n'ont pas
manqué de les inférer dans leurs préfaces,
comme un nouveau titre de gloire pour l'aimable épicurien. M. Amar a fortifié cette erreur
en difant que bien à tort dans la plupart des

éditions, cette épigramme étoit adreſſée à
M. d'Uſſé ; le dernier vers ne laiſſant aucun
doute ſur ſa véritable deſtination. La raiſon
pourra ſembler un peu ſingulière : car enfin
comment M. Amar ſavoit-il que M. d'Uſſé ai-
mât le vin de Champagne moins que l'abbé
de Chaulieu? Il eſt certain que le premier
faiſoit des vers autant, ſinon auſſi bien que le
ſecond. M. d'Uſſé, d'ailleurs, avoit une
grande réputation de poëte-amateur : Titon
du Tillet lui donne une belle place ſur le
Parnaſſe françois; Voltaire a fréquemment
loué ſa proſe & ſes vers; dans un endroit il le
campe même ſans trop de façon entre le fameux chimiſte Homberg & l'immortel Deſ-
préaux.

Mais la réponſe de Rouſſeau devoit ôter ſur
l'attribution toute eſpèce d'incertitude :

« Je ſais, Monſieur, l'étroite ſympathie
« qu'il y a toujours eu entre vous & le vin de
« Champagne : & je vois par l'Épître que vous
« m'avez fait l'honneur de m'écrire, que vous
« n'avez point perdu cette louable inclina-
« tion. Vous en avez bu, beau ſire, & du
« meilleur.... Sérieuſement je n'ai rien vu de
« plus agréable que la lettre dont vous m'a-
« vez honoré : on ne parle d'autre choſe à
« Uſſé & aux environs, & chacun vous trouve
« ſoit en proſe, ſoit en rime : *Laurea donandus*
« *Apollinari....* Adieu, Monſieur; nous partons
« d'ici vendredi : vous aurez lundi au ſoir le

« plaifir de revoir Madame d'Uffé, & moi celui
« de vous embraffer & de vous affurer de mon
« refpect & de mon attachement.

« *P.-S.* Vous n'aurez pour vos vers qu'une
« petite épigramme que Madame d'Uffé croit
« qui eft faite pour elle. C'eft vous donner des
« fous marqués (1) pour des piftoles d'Efpa-
« gne. »

A cette lettre étoit jointe le charmant dizain que voici :

> Quels font ces traits qui font craindre Califte
> Plus qu'on ne craint Diane au fond des bois?
> Quel eft ce feu qui brûle à l'improvifte,
> Ravage tout, & met tout aux abois?
> Seroit-ce feu Saint-Elme ou feu grégeois?
> — Nenni. — Ce font flèches, ou je m'abufe?
> — Encore moins. — C'eft donc feu d'arquebufe?
> — Non. — Et quoi donc? — Ce font regards coquets,
> Jeux de prunelle en qui flamme eft inclufe,
> Et brûlent mieux qu'arquebufe & moufquets.

Il femble que rien n'étoit facile comme de
faifir le fens & reconnoître la date de cette lettre.
Elle devoit avoir été écrite au château d'Uffé,
à M. d'Uffé, dans les dernières années du
dix-feptième fiècle, au temps des relations de
notre poëte avec M. & Madame d'Uffé. Eh
bien! les éditeurs des Lettres de Rouffeau
n'ont-ils pas été la dater *de Vienne*, le 13 mai
1719! fans fe préoccuper du madrigal du

---

(1) *Sous marqués* ou fous parifis.

Retour à Paris, & de la mort de Madame d'Uffé, arrivée en 1713.

On vient de voir que cette jeune femme, à l'exemple des princeffes & des dames de la Cour, fe livroit volontiers aux exercices de la chaffe. Rouffeau la fuivoit volontiers dans fes excurfions foreftières, monté fur un cheval recommandable fans doute par le calme de fes mouvements, & muni d'une arme plus précieufe à caufe de fa légèreté que par la fûreté de fon jeu. Dans l'intervalle des arrêts filencieux que commandoient les battues, le poëte crayonnoit des dizains tels que celui-ci :

Quand fur Bayard, par bois & fur montagne,
A giboyer vous prenez vos ébats,
Dieux des forêts d'abord font en campagne,
Et vont en troupe admirer vos appas.
Amis filvains, ne vous y fiez pas :
Car fes regards font fouvent pires niches
Que feu ni fer ; & cœurs en tels pourchas
Rifquent au moins autant que cers ni biches.

Revenant un autre jour de la chaffe, il lui exprima plus tendrement fon refpectueux amour :

Céphale un foir devoit s'entretenir
Avec l'Aurore, au retour de la chaffe.
Il vous rencontre, & de fon fouvenir,
En vous voyant le rendez-vous s'efface.
Qui n'eût pas fait même chofe à fa place?
J'euffe failli comme lui fur ce point ;

C i

Mais le pauvret (mal tient qui trop embraffe),
Perdit l'Aurore & ne vous gagna point.

D'autres madrigaux furent compofés à l'occafion d'un baifer & dans le temps d'une maladie affez grave à laquelle peut-être l'amour n'étoit pas étranger. Ceux qui n'ont jamais reffenti les effets de cette paffion contefteront fon influence fur la fanté d'un poëte. D'autres feront mieux difpofés à croire Jean-Baptifte Rouffeau, quand, pour garants de fa parole, il écrit des vers tels que ceux-ci :

Prêt à defcendre au manoir ténébreux,
Jà de Caron j'entrevoyois la barque ,
Quand de Thémire un baifer favoureux
Me rendit l'âme & vint frauder la Parque.
Lors de fon livre Eacus me démarque,
Et le nocher tout feul l'onde paffa.
Tout feul ? je faux, mon âme traverfa
Le fleuve noir : mais Thémire, Thémire,
En ce baifer dans mes veines gliffa
Part de la fienne avec quoi je refpire (1).

Peu de jours après, Madame d'Uffé affiftoit à la repréfentation de l'opéra d'*Alcide*, mufique

_____

(1) Au lieu de *Thémire*, plufieurs éditions portent *Ca-lifte*. Mais foit pour ne pas compromettre Madame d'Uffé qu'il avoit déjà chantée fous ce dernier nom, foit pour rendre la rime meilleure, Rouffeau préféra *Thémire* & *refpire*, aux rimes *Califte* & *fubfifte*.

du fils de Lulli. Rouſſeau lui gliſſa les vers
ſuivants :

> Non, ce n'eſt point la robe de Neſſus
> Qui conſuma l'amoureux fils d'Alcmène,
> Ce fut le feu de cent baiſers reçus
> Qui dans ſon ſang couloit de veine en veine.
> Il en mourut. Et la nature humaine
> En fit un dieu que l'on chante aujourd'hui.
> Que de mortels, ſi vous vouliez, Climène,
> Mériteroient d'être dieux comme lui !

Cet autre ſizain courut le monde & fut
mis en chant :

> Par un baiſer ravi ſur les lèvres d'Iris
> De ma fidèle ardeur j'ai dérobé le prix ;
> Mais ce plaiſir charmant a paſſé comme un ſonge :
> Ainſi je doute encor de ma félicité ;
> Mon bonheur fut trop grand pour n'être qu'un menſonge,
> Mais il dura trop peu pour une vérité.

Malheur à qui ſeroit inſenſible au charme de
pareils vers, & qui leur préféreroit la plus
jolie canzone de Pétrarque ou la plus irrépro-
chable élégie de Parny.

Le dizain ſuivant rappelle toute la coquetterie mignarde des poëtes de François Ier.
Peut-être Rouſſeau le fit-il pour le plaiſir de
les imiter, autant que pour parler de ſon
amour à Madame d'Uſſé.

> Ce traître amour prit à Vénus ſa mère
> Certain bijou pour donner à Pſyché ;
> Puis dans les yeux de celle qui m'eſt chère

C 2

S'enfuit tout droit, fe croyant bien caché.
Lors je lui dis : Te voilà mal niché,
Petit larron, cherche une autre retraite;
Celle du cœur fera bien plus fecrète.
Vraiment! dit-il, ami, c'eft m'obliger;
Et pour payer ton amitié difcrète
C'eft dans le tien que je vais me loger.

Que de perfection cependant dans la facture
de ces dix vers! comme ces rimes, toutes ri-
ches qu'elles font, femblent d'elles-mêmes répondre à la penfée! que le dernier diftique
eft charmant! & dans cette *amitié difcrète*,
quelle allufion délicate au filence que l'amant
avoit jufqu'alors gardé, & qu'il eût bien fou-
haité qu'on l'invitât à rompre! Quand on ne
rattache pas ces aimables badinages à des fouvenirs réels, on n'en peut fentir le prix ni le
mérite. Ainfi, la Califte de Rouffeau étant,
nous le favons, d'un extrême enjouement &
d'une grande mobilité d'efprit, nous recon-
noiffons les foucis que donnoit au poëte
cette légèreté, cette inconftance, dans le
dizain fuivant :

Sur fes vieux jours la déeffe Vénus
S'eft retirée en un faint monaftère;
Et de fes biens, propres & revenus,
Ainfi que vous m'a nommé légataire.
Or, de ce legs, figné devant notaire,
L'exécuteur fut l'aîné de fes fils.
Mais le matois n'en prit pas fon avis,
Et fe laiffa corrompre par vos charmes.
Il vous donna les plaifirs & les ris,
Il m'a laiffé les foupirs & les larmes.

Une autre fois encore, il envoya à fa chère marquife le dizain fuivant :

Soucis cuifans, au partir de Califte
Jà commençoient à me fupplicier,
 Quand Cupidon qui me vit pâle & trifte
Me dit : Ami, pourquoi te foucier?
Lors m'envoya pour me folacier
Tout fon cortége & celui de fa mère;
Songes plaifants & joyeufe chimère,
Qui m'enfeignant à rapprocher le temps,
Me font jouir, malgré l'abfence amère,
Des biens paffés & de ceux que j'attends.

Ce madrigal charmant n'a pas trouvé grâce devant M. Amar. *Supplicier*, dit-il, préfente l'idée révoltante d'un criminel qu'on mène au fupplice. — M. Amar oublie qu'un homme *fupplicié* eft du jargon moderne & fignifie un *homme fait mourir*. Au temps de Rouffeau on ne parloit pas ainfi; le mot qui avoit vieilli rappeloit fimplement à l'efprit l'idée de moleſter, tourmenter. « *Soucier* & *folacier*, ajoute M. Amar, font des *créations* malheureufes & *bizarres*, qui appauvriffent le vieux langage. » Quoi ! le vieux langage d'où ils viennent ! car ces deux mots font fort anciens, & nous aurions dû les garder à la fuite de Lafontaine :

Penfes-tu que ton titre de roi
Me faffe peur ou me *foucie* ?

Mais laiffons M. Amar, & revenons au commencement du dix-huitième fiècle. Pendant

une femaine, un mois, les dames s'étoient avi-
fées de reprendre les fufeaux & les rouets.
Le charmant conte de Senecé, *Filer le parfait
amour*, qu'Alfred de Muffet a, de notre temps,
traduit en bonne profe, venoit de paroître &
fans doute, n'avoit pas dû nuire à cet engoue-
ment paffager. Madame d'Uffé, déjà marquife,
devoit adopter, une des premières, cette oc-
cupation paftorale : Rouffeau, la voyant filer,
écrivit fous fes yeux :

> Ce ne font plus les trois fœurs de la fable,
> Qui de nos jours font tourner le fufeau.
> Une déeffe aux mortels plus affable
> Leur a ravi le fatal écheveau.
> Mais notre fort n'en fera pas plus beau
> D'être filé par fes mains fortunées ;
> L'amour, hélas ! armé de leur cifeau
> Mieux qu'Atropos tranchera nos années.

Le huitain fuivant, né fans doute d'une plaifanterie de Madame d'Uffé, n'a guère d'autre
mérite que fa forme élégante & facile :

> De ce bonnet façonné de ma main
> Je te fais don, me dit un jour ma belle,
> Sache qu'il n'eft roi ni prince romain
> Qui n'enviât faveur fi folennelle.
> — Malheur plutôt, dis-je, à toute cervelle
> Que vous coiffez ; le grand diable s'y met.
> — Va, va, j'en coiffe affez d'autres, dit-elle,
> Sans leur donner ni toque ni bonnet.

Rouffeau dit dans un endroit de fes lettres,

qu'avant de tourner une épigramme, il feroit
bon d'effayer dans la converfation l'effet de
la pointe qui doit la terminer. Si le mot ne
faifit pas l'auditeur, c'eft qu'il ne doit pas
fervir de pivot au dizain. Ce précepte du
maître de l'Épigramme eft judicieux ; mais il
faut admettre quelques exceptions. Certains
traits fort plaifants dans la converfation par
l'à-propos des fentiments qui circulent, perdent fouvent de leur mérite, en perdant cet
à-propos. Le bon mot eft un diamant qu'il faut
favoir bien enchâffer. Par exemple , il étoit
plaifant de comparer les croiffantes rigueurs
d'une maîtreffe à l'œuf auquel l'ardeur du feu
communique une dureté plus grande. Mais la
difficulté vaincue des rimes en *oque* donne au
huitain fait fur cette penfée un air de fingu-
larité déplaifante & quelque peu burlefque :

> Qui vous aimant, ô fantafque beauté,
> Veut obtenir amitié réciproque,
> Y parviendra par mépris affecté
> Mieux que par foins ni gracieux colloque.
> Car je connois votre cœur équivoque,
> Refpect le cabre, amour ne l'adoucit,
> Et reffemblez à l'œuf cuit dans fa coque,
> Plus on l'échauffe & plus fe rendurcit.

Voltaire fit de cette plaifanterie, plus fpirituelle
que délicate, un gros reproche à Rouffeau
qui, d'ailleurs, ne la jugeoit pas digne de lui,
puifqu'il l'avoit d'abord écartée de l'édition

C 4

de Soleure. Une forte de gageure lui en avoit fait choifir les rimes; l'épigramme ne devoit pas furvivre à l'occafion qui l'avoit infpirée. Arrêtons-nous plutôt fur l'*Ode à Philomèle* dans laquelle il a voulu peindre difcrètement à Madame d'Uffé l'état de fon cœur. Il n'y a pas dans notre langue de ftances plus pures & mieux compofées; c'eft celles que Voltaire plus impartial auroit dû préfenter au *Dieu du goût*.

> Pourquoi, plaintive Philomèle,
> Songer encore à vos malheurs,
> Quand pour apaifer vos douleurs
> Tout cherche à vous marquer fon zèle?

> L'univers à votre retour
> Semble renaître pour vòus plaire,
> Les Dryades à votre amour
> Portent leur ombre folitaire ;

> Loin de vous l'aquilon fougueux
> Souffle fa piquante froidure;
> La terre reprend fa verdure,
> La ciel brille des plus beaux feux.

> Pour vous l'amante de Céphale
> Enrichit Flore de fes pleurs ;
> Le zéphir cueiiie fur les fleurs
> Les parfums que la terre exhale.

> Pour entendre vos doux accents,
> Les oifeaux ceffent leur ramage
> Et le chaffeur le plus fauvage
> Refpecte vos jours innocents.

Cependant votre âme attendrie
Par un douloureux fouvenir,
Des malheurs d'une fœur chérie
Semble toujours s'entretenir.

Hélas ! que mes triftes penfées
M'offrent des maux bien plus cuifans !
Vous pleurez des peines paffées,
Je pleure des ennuis préfens.

Et quand la nature attentive
Cherche à calmer vos déplaifirs,
Il faut même que je me prive
De la douceur de mes foupirs.

Et cet auteur de tant de vers purs, tendres
& délicats, Voltaire & M. Sainte-Beuve n'ont
pas craint de l'accufer de manquer d'abandon
& de fenfibilité !

Peut-être ne penfa-t-il jamais à fran-
chir auprès de Madame d'Uffé les bornes de
la galanterie & d'une tendreffe refpectueufe.
Il aimoit le mari qui, tout en fe partageant entre le commerce affez ingrat des Mufes &
des effais malheureux d'alchimie, tenoit
fans doute à l'affection exclufive de fa brillante époufe. Rouffeau fut-il adorateur exi-
geant, fut-il amant heureux ? Nous n'avons
aucun moyen de traiter ce point délicat. Plufieurs paffages de fes Poéfies pourroient feulement permettre de croire d'un côté aux efpérances d'une paffion bien accueillie, de l'autre
aux inquiétudes d'une jaloufie véritable. Par

exemple ne feroit-ce pas de M. d'Uffé qu'il
s'agiroit dans les vers fuivants :

> Ce pauvre époux me fait grande pitié ;
> Inceffamment fon diable le promène :
> Au moindre mot que nous dit fa moitié,
> Il fe tourmente, il fue, il fe démène.
> Fait-elle un pas ? le voilà hors d'haleine ;
> Il cherche, il rôde, il court de çà, de là.
> Eh ! mon ami, ne prens pas tant de peine,
> Tu ferois bien duppé fans tout cela.

Je dirai plus : L'*Épître à Madame d'Uffé fur l'a-
mour*, & l'envoi de cette Épître à M. d'Uffé
ne fauroient lever tous les foupçons d'un
commerce intime. Il eft dans l'ordre des chofes poffibles que, pour foulager les inquiétudes
du mari, le poëte ait affecté de vouer un culte
exclufif à ce qu'on eft convenu d'appeler
l'*amour platonique*. En rappelant avec enthoufiafme tous les charmes de l'union des âmes,
il eft affez rare qu'on nuife aux intérêts d'une
union beaucoup moins angélique, & ce lien
des âmes, lancé, comme le dit une niaife chanfon de nos jours :

> Lancé des cieux pour unir deux amants,

n'eft guère moins infaififfable que les cinq
propofitions de Janfenius. L'Épître de Rouffeau ne prouve donc rien & ne veut rien
prouver. Elle étoit précédée de la lettre fui-
vante au marquis d'Uffé :

« Il y a longtemps, Monfieur, que je fonge

« à mettre en vers la matière d'un des plus
« fublimes dialogues de Platon, & je ne pou-
« vois l'appliquer à perfonne qui le méritât
« ni qui fût plus capable d'en fentir l'éléva-
« tion que Madame d'Uffé & que vous....

« Comme le fujet eft férieux & que c'eft
« très-férieufement que j'ai voulu louer
« Madame d'Uffé, je n'ai point pris cette fois-ci
« le langage de Marot, plus propre aux fujets
« badins qu'à la poéfie fublime ; mais j'ai re-
« tenu fa mefure de vers dont la cadence m'a
« toujours paru admirable, & qui étant com-
« pofée de deux hémiftiches inégaux a, felon
« moi, une harmonie bien plus variée que
« celle du vers alexandrin. C'eft à vous, Mon-
« fieur, à en juger auffi bien que de tout l'ou-
« vrage, que je ne hafarderai point de montrer
« qu'il n'ait été fcellé du fceau de votre ap-
« probation. »

L'*Épître fur l'amour* eft pour le nombre &
l'harmonie de la verfification, une des meil-
leures de Rouffeau. Plufieurs tirades font reftées dans la mémoire de tout le monde comme
cette peinture de l'amour fenfuel :

D'un foible enfant il a le front timide,
Dans fes yeux brille une douceur perfide, &c.

Mais le fonds de la thèfe eft traité comme fi
le poëte eût craint de faire une impreffion
trop durable. Telle que nous nous repréfen-
tons la perfonne qui l'avoit infpirée, de pa-

reilles inquiétudes étoient mal fondées. Madame d'Uffé avoit trop d'efprit, trop d'ufage
du monde, trop de penchant vers tous les
genres d'honnête badinage pour fe laiffer prendre férieufement aux charmes d'un fantôme
qui s'évanouit comme une bulle de favon,
dès qu'on ceffe de le confidérer à diftance.
Rouffeau avoit donc un autre but en traitant
de l'*amour platonique* auquel il ne croyoit
guère; c'étoit de réconcilier le Marquis avec
les formes de la galanterie qui recomman-
doient les abords de fon hôtel. Je fuppofe
qu'il réuffit & je ne fuppofe pas qu'il ait eu le
pouvoir ou l'intention d'abufer du fuccès de
fes efforts.

Un autre effet, pour le moins auffi précieux,
de l'amitié qui uniffoit Rouffeau aux deux
époux, c'eft l'*Ode à M. d'Uffé*. Voici quelle
en fut l'occafion : A peine les lettres de tranf-
miffion du titre de marquis avoient-elles été
enregiftrées, au mois d'avril 1692, que la re-
vocation rigoureufe en fut fignée par le Roi,
mieux informé fans doute. La famille, pro-
fondément accablée de ce coup imprévu, fol-
licita le retour de la première grâce; mais
en dépit du crédit du maréchal de Vauban,
elle ne put obtenir de nouvelles lettres qu'au
mois de feptembre 1700.

D'autres motifs de chagrin vinrent frapper
cette maifon dans les années fuivantes. Leur
opulence parut s'évanouir tout à coup & l'on

crut généralement que Madame de Valentiné,
belle-mère de la jeune marquife, feroit obligée
de vendre fon brillant hôtel de la rue Saint-
Honoré. Nous en jugeons par une lettre de l'A-
cadémicien Callieres, logé dans le même hôtel :
« Je ne ferai pas fâché, » écrivoit-il à Madame d'Uxelles le 27 feptembre 1696 « qu'on
« vende bien l'hôtel où je loge, mais je le
« fuis très-fort de ce que la maifon de Madame
« de Valentiné eft à vendre ; parce que c'eft
« mauvais figne pour l'eftat de fes affaires.
« Elle eft fort de mes amies, & a beaucoup
« de qualités ; fa maifon eft une des plus
« agréables de Paris, à mon gré, à caufe de
« fa fituation, & je vous en fouhaiterois une
« pareille, ou celle de Madame d'Olonne qui
« a la même vue, pour vous tirer de l'obfcurité
« de la vôtre, qui eft d'ailleurs belle & com-
« mode. »

La maifon, cette fois, ne fut pas mife en
vente. « Je voudrois vous voir dans l'hôtel
« de Madame d'Olonne, » écrivoit encore Callieres le 11 octobre 1696, « & je fuis bien aife
« que ce ne foit pas tout de bon que mon
« amie du voifinage voulût vendre fa maifon ;
« j'en ferois très-fâché pour les conféquen-
« ces (1). »

---

(1) Correfpondance inédite de la marquife d'Uxelles,
confervée au Cabinet des Manufcrits de la Bibliothèque
impériale. Fonds de Gaignières.

Ce fut probablement vers ce temps-là que pour confoler M. d'Uffé, pour lui rendre l'efpérance ou du moins le courage, Rouffeau compofa la 4ᵉ ode du fecond livre, dans laquelle auprès de vers négligés on rencontre des ftances parfaitement irréprochables. Telles font les trois dernières, reftées dans la mémoire de la poftérité.

> Ainfi que le cours des années
> Se forme des jours & des nuits,
> Le cercle de nos deftinées
> Eft marqué de joie & d'ennuis.
> Le ciel par un ordre équitable
> Rend l'un à l'autre profitable,
> Et dans fes inégalités,
> Souvent fa fageffe fuprême
> Sait tirer notre bonheur même
> Du fein de nos calamités.
>
> Pourquoi d'une plainte importune
> Fatiguer vainement les airs?
> Aux jeux cruels de la fortune
> Tout eft foumis dans l'Univers.
> Jupiter fit l'homme femblable
> A ces deux jumeaux que la fable
> Plaça jadis au rang des dieux;
> Couple de déités bizarre
> Tantôt habitants du Ténare,
> Et tantôt citoyens des cieux.
>
> Ainfi de douceurs en fupplices
> Elle nous promène à fon gré,
> Le feul remède à fes caprices
> Eft de s'y tenir préparé;
> De la voir du même vifage,

Qu'une courtifane volage,
Indigne de nos moindres foins;
Qui nous trahit par imprudence,
Et qui revient par inconftance
Lorfque nous y penfons le moins.

On a beau connoître de pareils vers on les
relit toujours avec plaifir. Mais ici les éditions
données par Gacon nous fourniffent de précieu-
fes lumières : contemporain du poëte, il ne
faut pas dédaigner les indications qu'il nous
fournit, quand l'efprit de parti ne peut avoir
été fon guide. Il a donc intitulé cette ode : *A
M. d'Uffé fur les affaires de fa famille*. Rouffeau dans un endroit y parloit de fes ennemis.
Mais, quand en 1712, leur triomphe eut mis le
comble à fes malheurs, le poëte exilé ne put fe
réfoudre à conferver des ftances dont l'évé-
nement avoit fi cruellement démenti l'ancienne infpiration. Elles fuivoient la première
des trois que nous venons de citer :

Moi-même à qui l'horreur du vice,
Jadis, non fans témérité,
Fit prendre (1) d'une main novice,
Le flambeau de la vérité.
Si contre mes rimes fincères
J'ai vu de honteux adverfaires

---

(1) Gacon a mis :

Chargea la main encor novice.

C'eft une faute évidente ; mais je doute que ma correction
reproduife le texte véritable.

Lancer tant de traits inouïs,
Loin de gémir de cet outrage
Peut-être je dois à leur rage
Tout le repos dont je jouis.

A force d'exciter ma bile,
Eux-mêmes l'ont fu corriger;
J'ai vu qu'il étoit plus facile
De fouffrir que de fe venger.
Et tel dont ma verve orageufe
Pour prix de fa haine outrageufe
Eût fait un fujet de pitié,
Puni par un mépris paifible
Me laiffe feulement fenfible
Aux charmes de ton amitié.

Ces vers méritoient certainement d'être reproduits pour le moins en variante, dans les éditions *complètes*. Car ils pouvoient fervir à mieux fixer la date de l'ode entière, & éclairer de quelque nouveau jour l'âme du poëte. Enfin ils font d'une excellente facture.

On a vu par la lettre que Rouffeau écrivit à M. d'Uffé à l'occafion de l'*Épître fur l'amour* que les poëtes du règne de François Ier avoient jufqu'alors été fes principaux modèles. Il avoit en effet puifé dans Marot & dans Saint-Gelais, le deffin & les couleurs de fa première manière. Arrêtons-nous un inftant fur ce point.

Il eft certain que la langue de ces aimables & ingénieux poëtes a quelques avantages fur celle du dix-huitième fiècle. Elle permet l'emploi pour ainfi dire arbitraire des *articles* &

des *particules conjonctives*. Elle donne aux con-
ftructions plus de variété, parfois auffi plus
d'élégance. Grâce à ces heureufes licences, le
vers françois femble reconquérir l'abondante
énergie du vers latin. Mais pourquoi la langue du dix-huitième fiècle avoit-elle perdu
ces avantages; pourquoi s'étoit-elle courbée
fous des entraves plus rigoureufes? Parce que
les mœurs & les habitudes, la fociété en un
mot n'étant plus la même, l'expreffion de cette
fociété avoit dû néceffairement changer, fous
quelques rapports pour fe corrompre, fous
d'autres pour toucher de plus près à la perfection. La Cour ne réglant plus fa parlûre fur
celle des beaux efprits, & les poëtes au contraire venant prendre les patrons de la Cour,
il en réfulta dans le langage une tendance toujours plus grande à la clarté, à l'uniformité,
à la rigoureufe obfervation de certaines con-
ftructions. Il y eut une élégance de tournures
qui ne dépendit plus du génie particulier des
poëtes ou des orateurs, & devant laquelle
au contraire s'inclinèrent tous les poëtes &
tous les orateurs. Saint-Gelais, Marot, Ron-
fart & Rabelais, Henry Eftienne & Montaigne,
avoient tous écrit avec beaucoup d'art, chacun avec un caractère original, une élégance
particulière ; la cour de Louis XIV brifa cette
liberté républicaine de ftyle, qui fe réfugia
en Allemagne où l'on n'a pas ceffé de la ref-
pecter. Depuis ce temps-là, nous avons en

France une langue ftationnaire; & chofe remarquable, les bornes mifes à la liberté des
expreffions ne femblent pas avoir exercé fur
l'originalité des penfées une mortelle influence. Mais fi la lame eft reftée brillante,
acérée, le fourreau, pour n'avoir pas été re-
nouvelé, s'eft ufé, s'eft vermoulu. C'en eft
fait aujourd'hui de l'ancienne élégance françoife; il n'y a plus que de rares antiquaires qui
comprennent & apprécient la pureté de fes
formes évanouies. Quant à nos écrivains le
plus vantés, ils parlent anglois, allemand ou
grec, &, fuivant le caprice ou le befoin de
leurs penfées, ils appellent à leur aide le
gloffaire des médecins, des financiers, des
marins & furtout des artiftes; mais, je le
répète, ils n'écrivent plus en bon françois.
La tâche en feroit pour eux trop longue,
trop difficile, & pour *faire fenfation,* ils n'ont
pas une minute à perdre.

Cependant, malgré les révolutions du goût
littéraire, le temps n'a pour ainfi dire rien
enlevé de leur fraîcheur aux verficulets du
fiècle de François Ier. Ce fut même par l'effet de fon enthoufiafme pour ces charmantes
bagatelles, que Jean-Baptifte Rouffeau fit les
épigrammes devenues un des plus brillants
fleurons de fa couronne poétique. C'eft là
qu'en évitant toutes les épines & toutes les
afpérités de la mufe marotique, il parvint
à rendre la vie aux piquantes & naturelles

licences qui font le fel & la grâce particulière du dizain françois. Mais, dès que
vous ne badinez plus, les formes de la langue
du feizième fiècle perdent pour nous tous
leurs avantages. C'eft là ce que Voltaire, dont
le goût étoit naturellement fi délicat & fi pur,
a bien expliqué dans un de fes pamphlets
contre Rouffeau :

« Quand, dit-il, il faut mettre la raifon en
« vers, peindre, émouvoir, ce mélange de la
« langue qu'on parloit il y a deux cents ans &
« de la langue de nos jours paroît un abus
« condamnable. Marot parloit fa langue, il
« faut que nous parlions la nôtre. » (*Confeils à
un journalifte.*) Mais Rouffeau fut longtemps
avant d'admettre la juftefle de cette diftinc-
tion. Après avoir ajouté quelque chofe à la
perfection du dizain de Marot, il crut pouvoir tenter avec le même fuccès de perfec-
tionner la forme des ouvrages de plus longue
haleine ; & pour conferver, même en imi-
tant, le caractère d'écrivain original, il intro-
duifit dans la littérature françoife un genre de
poëme entièrement nouveau qu'il décora du
nom d'Allégories. Dans l'*Opéra de Naples* &
le Mafque de Laverne, il recourt à la langue de
Marot : mais au lieu de l'*élégant badinage* que
cette langue exprime avec bonheur, il y donne
entrée à la fatire perfonnelle & chagrine. On
ne lit pas les épîtres de Marot contre le rimeur
Sagon, on ne doit pas lire avec plus de plaifir

celles de Rouſſeau contre Pic & Franchine.
Il fut plus heureux dans ſa troiſième allégorie.
Aucun des éditeurs de Rouſſeau ne s'eſt aperçu
juſqu'à préſent qu'elle avoit été faite pour
le ſalon de Madame d'Uſſé. Et ſi nous igno-
rions les paſſe-temps ordinaires de cette maiſon, la jeuneſſe, l'enjouement & la coquetterie
de la nymphe Vaubanie, ſi nous ne reconnoiſ-
ſions en elle la fille de l'illuſtre Vauban,
nous lirions ſans intérêt la *Volière*, & nous
pourrions n'y voir avec Amar, qu'une froide
kyrielle de fadeurs uſées. Mais telle ne dut pas
être l'opinion de Madame d'Uſſé, & nous qui
ſommes entrés dans la grande familiarité de
cette aimable femme, nous nous rapprochons
beaucoup de ſa manière de voir. A notre avis
donc, la *Volière* eſt digne des bonnes pièces
de Lafontaine. Les ſeules taches que nous y
ayons remarquées ſe trouvent au début, dans
quelques obſcurités de conſtruction & quelque rimes étranges & marotiques. Encore
Voltaire qui les a tant reprochées à Rouſſeau
les eût-il retrouvées dans Chaulieu, à ſon
avis le premier des poëtes négligés.

> Qui voudra voir cicognes attroupées
> Doit naviguer ſur l'Hebre Thracien....
> Mais ſi quelqu'un de l'eſpèce emplumée
> Qu'on nomme amours a curioſité (1),

---

(1) Ces deux vers préſentent un ſens embarraſſé : *Si*

Paris tout feul doit être vifité,
Ville ne fut de tant d'amours femée;
Pour ce feul point, croirois qu'on l'a nommée
Paris fans pair (1). Or, fans obfcurité
Expliquons-nous. C'eft qu'en cette cité,
De cent palais, de cent hôtels fournie,
Eft un hôtel entre tous exalté,
Non pour loger richeffe & vanité,
Lambris dorés, peinture bien finie,
Lits de brocard, ou telle autre manie,
Mais pour loger la nymphe Vaubanie,
En qui reluit gentilleffe, beauté,
Nobleffe d'àme, hilarieux génie,
Et don d'efprit, par-deffus l'or vanté.

En ce lieu donc, amours de tout plumage,
De tout pays, de tout poil, de tout âge,
Des bords de l'Elbe & des rives du Tage
De toutes parts viennent fe rallier,
Tels que pigeons volant au colombier.
Il en arrive & de France & d'Espagne,
Et d'Italie & du nord d'Allemagne,
Ceux-là petits, mais alertes & vifs,
Ceux-ci plus grands, mais lourds, froids & maffifs.
Et ce qui plus l'attention réveille
Quand vous voyez ces petits enfançons,
C'eft qu'ils font tous différents à merveille,
Car il en vient de toutes les façons.
Amours pimpants, frifques & beaux garçons,
Petits amours à face rechignée,
Amours marquis & de haute lignée,

quelqu'un eft curieux de voir l'efpèce emplumée qu'on nomme
amours.

(1) Dans toutes les anciennes hiftoires & cartes de Paris, on fait que tel eft le *motto* de la ville.

Amours d'épée, amours de cabinet,
Amours de robe & portant le bonnet,
(D'iceux pourtant eft petite poignée);
Tous vont chez elle employer la journée.
Amours barbons y font même leur cour,
De vieux dictons, logique & beaux difcours
Tout hériffée : enfin toute l'année
Dimanche ou non s'y tient foire d'amours.
Comme l'on voit en l'automne première
Feuilles à tas dans l'Ardenne pleuvoir,
Ou bien oifeaux voler par fourmillière
Sur un grand pin qui leur fert de dortoir.
Ainfi voit-on du matin jufqu'au foir
Petits amours, oifeaux de fa volière,
Pleuvoir en foule à ce gentil manoir :
Et fait bon voir attroupés autour d'elle
Tous ces oifeaux leur plumage étaler,
Se rengorger, piaffer, caracoler,
Toujours fifflant chanfon & ritournelle
Et petits airs, langage de ruelle.
Puis jeux badins, volatille nouvelle
De gentilleffe avec eux difputer,
Voler foupirs & petits foins trotter
Par le logis, or (1) frétillant de l'aile,
Or de la queue, or des pieds tricoter,
Danfer, baller, tripudier, fauter.
Oncques ne fit le vrai Polichinelle
Semblables tours. Ainfi dans la maifon,
Joyeufetés, farces, badineries,
Inventions, & telles drôleries,
Hiver, été, font toujours de faifon :...
Et prend la dame au vifage vermeil
A leurs ébats paffe-temps non pareil.

---

(1) Ce vieux & joli mot *or* eft bien regrettable & de-
vroit être préféré à notre lourd *tantôt.*

Ces détails fur les occupations ordinaires de l'hôtel d'Uffé ne font pas tout à fait étrangers à l'hiftoire des mœurs françoifes. Continuons :

Mais après tout, un point me fcandalife,
Et fuis honteux, s'il faut que je le dife,
De voir comment ces pauvres infenfés
De leur travail font mal récompenfés.
Car ne croyez qu'ils aient gros apanages ;
Ainf y (1) font tous très-chichement payés,
Ne gagnant rien, fors quelques arrérages
De mots dorés, ou tels menus fuffrages ;
Et les croit-on encor falariés
Trop graffement. Mains la fervent fans gages :
Mains la fervant font bafoués, honnis,
Moqués, bernés, traités comme Zanis.
Pour tout guerdon, on les pille, on les tance,
Et quelquefois foufflets d'entrer en danfe.
Mieux aimerois être efclave à Tunis.
Partant, amours, fi n'avez point de nids,
Cherchez ailleurs, mal fûr eft cet hofpice :
Dehors font beaux & beau le frontifpice,
Mais le dedans, autre eft la queftion.
Je m'en irai fi l'on me fait outrage,
Me direz-vous : Eh ! pauvre alerion,
Quand une fois on eft en cette cage,
On n'en fort plus : c'eft l'antre du lion.
Pour échapper de fi forte baftille,
Vous chercheriez en vain porte ou guichet ;
Tout votre effort feroit pure vétille,
Plus fins que vous font pris au trébuchet.

Si Rouffeau avoit toujours borné le domaine

---

(1) Voyez l'agrément & la néceffité de ce mot au lieu de *mais*, employé cinq vers plus haut.

de l'Allégorie, aux petits fujets gracieux &
galants, on lui eût fu plus de gré d'avoir en-
richi la France d'un nouveau genre de poéfie. Certainement la *Volière* vaut beaucoup
mieux que la *Mule du pape*, le *Bourbier*, & les
autres petits poëmes effayés par Voltaire à
l'imitation de la *Volière*.

Rouffeau paffa près de la marquife d'Uffé
les plus belles années de fa vie. Il y vivoit
avec délices, parce qu'il reffentoit pour elle
une paffion vraie & fincère. Mais peut-être
crut-il enfin apercevoir que l'objet de tant
d'admiration ne méritoit pas de l'occuper d'une
façon exclufive ; ou peut-être Madame d'Uffé
échappoit-elle aux langueurs d'un attachement férieux. Peut-être Rouffeau lui-même
avoit-il arraché de fon cœur la flèche dont il
accufoit Madame d'Uffé de l'avoir percé.
Quoi qu'il en foit, il fe laffa de ne pas être affez bien traité dans une compagnie de foupi-
rants fort nombreufe : nous voyons la trace
de fon retour à la liberté dans ce huitain
dont les allufions ne peuvent fe rapporter
qu'à la Marquife :

> De haut favoir Phébus ne m'a doté,
> Mais des neuf fœurs je fais toucher la lyre :
> Groffe chevance oncques ne m'a tenté,
> Mais peu de biens ont de quoi me fuffire.
> Amour me tint longtemps fous fon empire ;
> J'ai retrouvé repos & liberté :
> Mais ce bien-là, certes, je puis le dire,
> Si c'en eft un je l'ai bien acheté.

Nous perdons avec ce dizain la trace de
fes relations avec la marquife d'Uffé. Cependant je ne mets pas en doute que la fille de
Vauban n'ait pris une part active aux cha-
grins du poëte, quand la cabale des mauvais rimeurs le pourfuivit à outrance. Elle
dut fe faire remarquer parmi les dames qui
follicitèrent le plus vivement en fa faveur.
Pour le marquis d'Uffé il refta conftamment
le défenfeur de Jean-Baptifte Rouffeau, & la
mort prématurée de fa femme, les liaifons
qu'il nouriffoit avec Voltaire, rien ne put lui
faire manquer aux devoirs facrés de l'amitié.
Il entretint avec l'illuftre exilé une correfpondance affez intime dont on a confervé
quelques précieux fragments.

Madame d'Uffé mourut jeune, au mois de
novembre 1713, à peine âgée de trente-fix ans.
Ses dernières années ne furent pas heureufes. M. d'Uffé l'avoit ruinée, elle étoit en
procès avec lui, avec les gens d'affaires de
fes enfants. C'eft en Bourgogne, où le mauvais
état de la fortune de fon mari l'avoit obligée d'aller demeurer, qu'une courte maladie
l'enleva au monde dans lequel elle avoit
compté. Six mois auparavant, la mère de
fon mari, Madame de Valentiné, avoit, en
mourant dans la belle maifon d'Uffé, laiffé
tout fon bien aux enfants de fon fils, & celui-
ci, dont on connoiffoit la vie défordonnée, ne
devoit pas même en avoir la jouiffance. De là,

des démarches pénibles, des difcuffions de famille, des procès, qui retinrent à Paris la Marquife, pendant l'année 1712. C'eft à cette date qu'il faut rapporter la lettre, devenue l'occafion de cette longue notice, & dont voici le texte :

Je vous demande mille pardons, Monfieur, d'ofer vous importuner d'une affaire que j'avois regardée comme une plaifanterie, & dont on a néantmoins fait une accufation qui fe pourfuit férieufement contre moy devant M. le lieutenant criminel. Voicy le fait dont il s'agit. Le nommé Lamotte qui joint à la qualité de foldat aux Gardes celle de portier des jeux que tient la Baron pendant les foires de Saint-Germain & Saint-Laurent, eftant venu chez moy vers le commencement de cette année pour avoir des étrennes qu'il s'eft fait une habitude d'aller demander chez plufieurs perfonnes qui comme moy vont quelquefois à ces fortes de fpectacles, je m'avifay de lui demander ce qu'il faifoit hors ces temps des foires; il me répondit qu'il travailloit à faire des recrues pour l'armée, & qu'il eftoit actuellement chargé d'en faire une pour M. de Saillant; & comme dans l'inftant mes femmes en me peignant me tiroient bien fort les cheveux, je luy dis en riant de les mettre dans la recrüe, & me fouvenant des infolences que mon procureur me venoit de rapporter qu'auroit dittes un clerc du palais contre M. d'Uffé & moy, je dis à ce *Lamotte*, vous feriez bien auffy d'enroller ce mauvois garçon-là. Il a pris la chofe férieufement, ou pluftoft me l'a voulu faire croire pour avoir occafion de me venir encore demander de quoy boire. Il y eft effectivement venu accompagné d'un autre homme de même étoffe me difant que l'affaire eftoit faitte & qu'il alloit partir pour aller coucher à *Corbeil*. Je ne laiffay pas pourtant d'eftre fafchée de ce que j'apprenois, & je recommandai fort qu'il ne luy fût fait aucun mal ; je leur ay fait depuis refuler ma porte, où ils font venus plufieurs fois jufqu'à ce que laffée enfin de leurs importunités, j'eus la facilité pour me débarraffer de pareilles gens de leur faire donner quatre écus que je remis au premier qui fe trouva alors près de moy & que j'apprens qu'on veut auffy impliquer dans cette affaire.

Voilà, *Monfieur*, la vérité comme on dit toutte nüe, & ma confeffion dans laquelle je ne trouve d'autre crime que celuy de vous ennuyer d'une auffy longue lettre. Je ne puis cependant me difpenfer en cette occafion, *Monfieur*, d'avoir recours à voftre autorité pour arrefter l'embarras que me caufe une pareille accufation, & je compte trop fur vos bontés pour ne pas efpérer cette grâce.

J'ay l'honneur d'eftre plus que perfonne du monde, *Monfieur*, voftre très-humble & très-obéiffante fervante,

VAUBAN-D'USSÉ.

Ce vendredy minuit.

On le voit, Madame d'Uffé étoit alors en procès, & c'étoit pour arracher quelque débris de fa fortune aux créanciers de M. d'Uffé. Cela nous reporte déjà à 1712. Cette année, la dame Baron, Catherine Vondrebek, peu de temps après la mort de fon mari, Étienne Boyron dit Baron, avoit établi aux foires de Saint-Germain & de Saint-Laurent un fpectacle auquel s'attacha auffitôt une vogue extraordinaire; grâce à Mlle Boon, furnommée la *fameufe tourneufe*, jeune, belle, &, toute danfeufe de cordes qu'elle étoit, de la plus grande fageffe (1). Qu'on nous permette de citer ici ce que dit de cette héroïne des théâtres forains, Jacques Bonnet, l'auteur de l'*Histoire de la danfe facrée & profane*, Paris, 1723, page 70. « Elle paroiffoit fur le théâtre « d'un air impofant, & danfoit feule une fara-« bande, avec une grâce qui charmoit tous les « fpectateurs. Enfuite elle demandoit des « épées de longueur aux cavaliers préfents « pour faire fa feconde repréfentation. Ce « qu'il y a de furprenant, c'eft qu'elle s'en « piquoit trois dans chaque coin de l'œil, qui « fe tenoient auffi droites que fi elles avoient « été piquées dans un poteau. Elle prenoit

---

(1) *Mémoire pour fervir à l'hiftoire des fpectacles de la foire*, par un auteur forain (Le Sage). Paris, 1743, tome I, page 139.

« fon mouvement de la cadence des violons,
« qui jouoient un air qui fembloit exciter les
« vents, & tournoit d'une viteffe fi furpre-
« nante, pendant un quart d'heure, que tous
« ceux qui la regardoient attentivement en
« demeuroient étourdis, ainfi qu'il m'eft ar-
« rivé. Enfuite, elle s'arrêtoit tout court &
« retiroit fes épées nues l'une après l'autre du
« coin de fes yeux, avec autant de tranquillité
« que fi elle les eût tirées du fourreau. Néan-
« moins, quand elle me rendit la mienne, dont
« la garde étoit fort pefante, je remarquai que
« la pointe étoit un peu enfanglantée. Cela
« n'empêcha pas qu'elle ne danfât encore
« d'autres danfes, tenant deux épées nues dans
« fes mains, dont elle mettoit les pointes tan-
« tôt fur fa gorge, & tantôt dans fes narines,
« fans fe bleffer. »

C'eft aux fpectacles de ce genre que
Mme d'Uffé avoit dû la vifite de ce « portier
des Jeux » auquel elle regretta, nous devons
l'en croire, d'avoir demandé un petit fervice
qu'il étoit en paffe de lui rendre, en fa qualité
de foldat aux Gardes. Le clerc du Palais fut
faifi, conduit à Corbeil, & fans doute en dan-
ger plus ou moins férieux de figurer parmi les
recrues du régiment de M. de Saillant. Mais il
avoit crié contre une telle violence & fi bien
crié que la chofe menaçoit de prendre une
tournure affez fâcheufe pour notre vindicative
marquife. C'eft ce qui l'engagea à écrire la jo-

lie lettre qu'on vient de lire. Il eft affez pro-
bable qu'elle en fut quitte pour indemnifer le
clerc dont les mauvais propos l'avoient bleffée.
Mais fur le dénoûment de cette petite intri-
gue, l'hiftoire garde le filence, & nous n'avons
rien de mieux à faire que de l'imiter.

P. P.

IMPRIMERIE DE CH. LAHURE
Rue de Fleurus, 9, à Paris